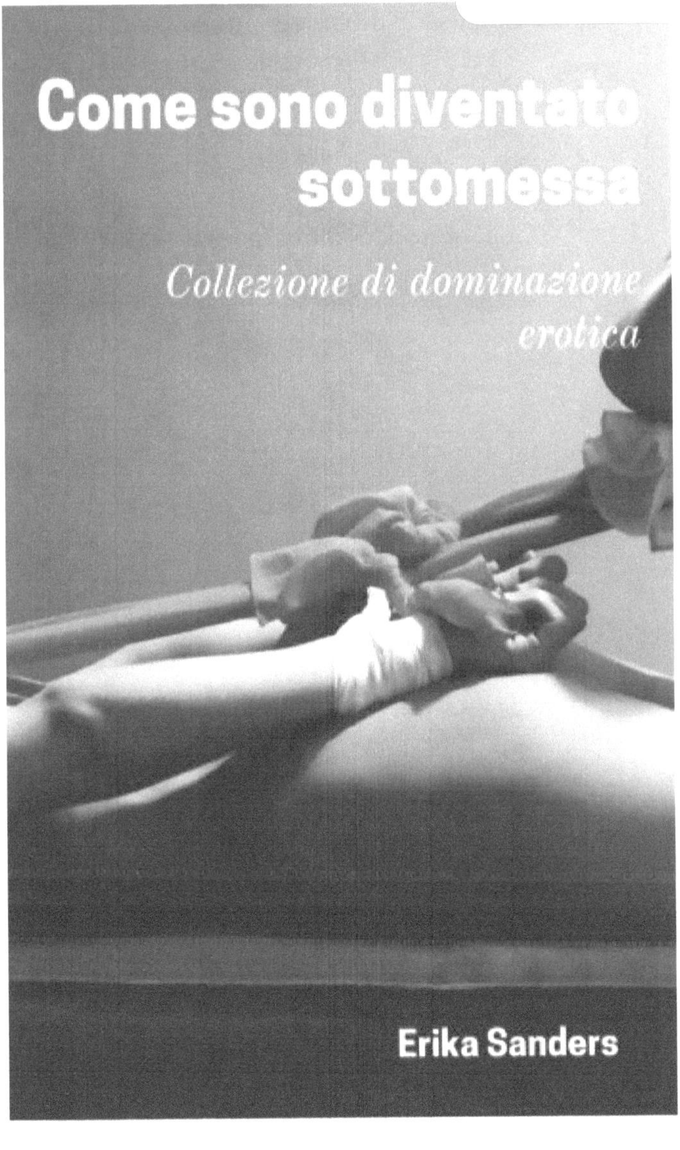

Come sono diventato sottomessa

Collezione di dominazione erotica

Erika Sanders

Come sono diventato sottomessa

Erika Sanders
Serie
Collezione di dominazione erotica

Sinossi

In questa storia vi racconto come ho iniziato a esplorare le sensazioni di agire sottomesso in una relazione sessuale.

Spero che ti piaccia tanto quanto mi è piaciuta l'esperienza e di poterla mettere in relazione con te.

Come sono diventato sottomessa è un romanzo con un forte contenuto di BDSM erotico e, a sua volta, un nuovo romanzo appartenente alla collezione di Dominazione Erotica, una serie di romanzi con un alto contenuto di BDSM romantico ed erotico.

Nota sull'autrice

Erika Sanders è una nota scrittrice internazionale che firma i suoi scritti più erotici, lontano dalla sua solita prosa, con il suo nome da nubile.
https://www.instagram.com/erikasamanthasanders/

Indice:

COME SONO DIVENTATO SOTTOMESSA
DI
ERIKA SANDERS

CAPITOLO I

Piagnucolai, tremando mentre mi svegliavo.

Ho provato a rotolare sullo stomaco, ma le mie braccia erano bloccate sopra la mia testa, i miei polsi legati insieme.

Le mie gambe erano in una situazione simile, distese insieme, mentre giacevo sulla schiena sul letto, le caviglie legate.

Probabilmente era la prima volta che le mie gambe erano state chiuse da ore.

Mi chiedevo quanto tempo mi avesse lasciato dormire.

Una profonda risata venne da sopra di me.

Ho spostato la testa a sinistra e poi a destra, ma non ho potuto vedere nulla perché indossavo una benda.

"Shh, shh, shh."

Dita ruvide e sudate strisciarono leggermente lungo la mia guancia, e rabbrividii.

"Sei così adorabile, Erika, mia cara. Adesso rilassati."

Chiusi gli occhi, come se questo facesse la differenza, e presi un respiro profondo.

Ho avuto un po 'di tremolio così ho provato di nuovo.

Quando fui in grado di inspirare ed espirare senza che il mio corpo tremasse per il suo contatto costante, e dalle promesse nascoste nel suo ordine silenzioso, lasciai che la mia testa girasse di lato, la guancia appoggiata sulla mia spalla sinistra.

"Questa è una brava ragazza."

Le sue dita scesero lungo il mio collo, e poi la sua mano calda mi prese la guancia.

Un odore dolce mi invase le narici.

Era il profumo dell'eccitazione sulla sua pelle e la mia eccitazione.

Avevo perso il conto di quanti orgasmi avevo avuto da quando l'ho incontrato.

Più recentemente, mi ha accarezzato languidamente la figa e il clitoride allo stesso tempo con le stesse dita che mi sta toccando ora, finché non sono diventato un miscuglio di arti e corpo che si contorcono.

Dopo la corsa, mi ero assicurato i polsi e poi le caviglie mentre mi addormentavo.

Forse questo è il momento in cui dovresti fare le giuste presentazioni. Sono Erika.

Sono un sottomesso, un sottomesso.

"Lui" è Ben, il mio Maestro o Dom.

Ci siamo conosciuti online due anni fa in un luogo in cui le persone con desideri sessuali perversi si riuniscono per parlare apertamente di tali interessi, più comunemente chiamati feticci.

Non sono mai stato con una persona che ha condiviso i miei feticci prima d'ora.

Certo, ho fatto molto sesso.

Ma era sempre quello che noi pervertiti chiamiamo "squishy": sesso diretto in posizioni normali.

A volte ci lanciammo con un sessantanove se entrambi volessimo arrivare allo stesso tempo dando e ricevendo orali.

Ma non ho mai avuto nessuno che mi controllasse, dicendomi cosa fare.

O cosa non fare in altri casi.

Per non parlare della schiavitù, per quanto lieve nella nostra relazione.

Ero anche un po 'curioso dell'ossessione che le persone avevano per la sculacciata.

All'inizio era stata timida, soprattutto dopo il nostro primo incontro di persona.

Mi ci sono voluti mesi prima di decidere di accettare di incontrare Ben di persona.

La prima volta che l'ho sentito è stato in un gruppo di discussione sul sito web.

Avevo avviato un thread per parlare del modo corretto per ritardare un orgasmo poiché il mio partner era in viaggio e voleva usare le mie mani per portare a termine il lavoro.

Avevo sentito che la gratificazione ritardata era molto eccitante, quindi ho pensato di provarla mentre mi esercitavo.

Ben è stata l'undicesima persona a rispondere al mio thread e l'unico uomo.

Mi sono quasi perso il tuo commento tra tutte le donne che mi hanno dato consigli ... e hanno flirtato con me nonostante il mio stato "etero" sul mio profilo.

Ciò che spiccava di più era la sua foto.

A differenza delle immagini sui profili della maggior parte degli uomini con cui aveva parlato o consultato durante la ricerca di potenziali partner sessuali, nella sua foto Ben non era nudo né era stata scaricata da Internet alcuna foto del cazzo di qualche altro ragazzo sconosciuto. .

Piuttosto, era un disegno a matita di un leone con un piccolo agnello addormentato annidato tra le sue grandi gambe.

Più tardi ho scoperto che Ben l'aveva disegnato lui stesso.

Era un protettore, ed era esattamente quello di cui avevo bisogno.

CAPITOLO II

La nostra era una relazione strana e lenta in quanto entrambi avevamo i nostri rispettivi partner.

Un rapido messaggio privato qua o là.

Un commento su discussioni simili o un argomento iniziato da uno di noi in un gruppo.

E poi ci siamo spostati nelle chat room.

Con il discorso sono arrivate prese in giro e flirt e infine giochi sessuali informatici.

Dopo circa otto mesi, ha proposto di incontrarci di persona.

I nostri ruoli erano stati chiaramente stabiliti sin dall'inizio.

Voleva avere il controllo e io volevo essere controllato.

Non sempre in senso fisico, ma anche mentalmente, a volte attraverso le parole.

Oh il potere delle parole.

Ho imparato ad avere orgasmi senza un solo tocco.

Sapendo di cosa era capace il mio corpo ...

Che la voce di qualcun altro possa avere un così grande effetto su di me ...

È stato stupefacente.

Ricordo molto chiaramente il giorno in cui ci siamo incontrati personalmente.

Era stata nervosa, aspettando Ben al ristorante, seduta in un armadio lontano dal resto dei clienti.

L'assedio era stato uno dei suoi primi ordini.

Così erano i vestiti che indossava: un top rosso e pantaloni neri.

Il primo ha mostrato generosamente la scollatura tra i miei seni e il secondo ha evidenziato il mio sedere.

Ero ben dotato da entrambe le parti e mi piaceva sfoggiarle, ma lasciava ancora molto all'immaginazione.

Ben mi aveva detto di rimettere a posto i capelli.

Avevo scelto di intrecciare i miei capelli biondi invece di lasciarli sciolti in una coda di cavallo.

Ci eravamo scambiati delle foto personali, quindi avevo un'idea di come fosse.

Tuttavia, quando si avvicinò al tavolo, alto 1:80 o 1:90 e del peso di circa 200 libbre in un corpo decisamente imponente, rimasi senza fiato.

Era bellissimo.

Molto bello.

Almeno per me.

Era un po 'sovrappeso come me, ma non era molto ovvio.

Taglia perfetta per le coccole.

La sua polo nera metteva in risalto le sue braccia spesse e non vedevo l'ora che me le avvolgesse.

I suoi capelli erano scuri e, sebbene corti, avevano un'onda naturale che gli dava una certa consistenza.

Avevo sollevato le mani dal grembo, desiderando istintivamente far scorrere le mie dita tra quelle ciocche adorabili.

Ma un lampo nei suoi occhi mi avvertì di resistere alla tentazione.

Oh quegli occhi.

Anche loro erano scuri e si intonavano al color cioccolato dei suoi capelli.

E si sono concentrati direttamente sulla mia bocca.

Ho chiuso la bocca, improvvisamente consapevole di essere rimasto a bocca aperta, e gli ho sorriso.

Quando mi sorrise in risposta, quegli occhi si illuminarono, quasi sciogliendomi le viscere.

Ero rimasto seduto quando si è presentato e ha allungato la mano per stringere la mia.

È stato il mio primo atto di sottomissione a lui di persona.

La mia vita non era più stata la stessa dopo quella presentazione.

CAPITOLO III

Abbiamo aspettato fino al nostro sesto appuntamento prima di entrare in una stanza, ma anche allora abbiamo ricominciato da capo nonostante i nostri incontri online.

Semplicemente non era la stessa cosa, specialmente per uno come me che non l'aveva mai fatto prima.

Sto parlando di sentirsi a disagio.

Ma Ben era, ed è, un Maestro molto paziente.

Si è preso il suo tempo con me, insegnandomi com'era tutto questo, come venivano usate le corde.

Beh, quelli non sono arrivati fino a pochi mesi dopo, ma sai cosa intendo.

Quella sera era stata davvero una mia idea.

Eravamo stati impegnati a causa del nostro lavoro e delle nostre rispettive relazioni, ma per coincidenza ora abbiamo entrambi avuto l'intero weekend libero.

Nel corso della nostra strana relazione, abbiamo discusso in dettaglio i nostri desideri segreti.

Alcuni che non avevamo mai condiviso con nessun altro prima, nemmeno sul sito in cui ci siamo conosciuti.

Mi sentivo pronto per uno dei miei progetti e Ben voleva permettermi quell'esperienza.

Trattenni il respiro, aspettando la sua risposta.

Come mio Maestro, avevo tutto il diritto di rifiutare.

Tuttavia, alla fine, non lo fece.

Per cui gli avevo permesso di scoparmi il culo, uno dei miei limiti morbidi, come ringraziamento.

E l'aveva reso piuttosto piacevole.

Abbastanza da pensare di rimuovere completamente quella posizione dalla mia lista dei limiti.

Nonostante avessi acconsentito al mio desiderio, sapevo che avrei dovuto essere paziente per Ben per decidere se sarebbe successo.

Erano passate diverse settimane prima che avesse preso la decisione.

Temevo che avesse cambiato idea, ma quella mattina ho ricevuto un semplice sms che diceva:

"Questa è la tua occasione. A casa mia alle tre del pomeriggio."

E così il nostro incontro è iniziato presto.

Sono stato letteralmente scopato dieci volte da venerdì fino ad ora, e mi sono goduto ogni momento.

E anche se completamente sazio e dolorante, avevo comunque previsto quando Ben avrebbe mantenuto la sua promessa.

Non dubitavo che l'avrei fatto, ma abbiamo trascorso tutto il weekend, ed è stato solo sabato sera.

CAPITOLO IV

Ed è per questo che sono qui così.

La sensazione e poi il sapore del suo pollice che sfiorava le mie labbra riportarono la mia mente al presente.

Gemetti quando mi spinse il dito in bocca e lo strofinò contro la mia lingua e i miei denti.

Poi lo spinse dentro e fuori.

Il resto del mio corpo rabbrividì e lui si sentì geloso, poiché non mi stava toccando da nessun'altra parte oltre al mio viso.

Tuttavia, quando ho iniziato a succhiargli il pollice, i miei capezzoli si sono irrigiditi e i miei muscoli inferiori si sono irrigiditi.

Solo questo semplice movimento da parte sua mi stava eccitando.

Bene, questo e la mia mancanza di controllo per l'essere legato.

Per non parlare del fatto che anche lei era completamente nuda.

"Aprilo, Erika."

Mi ha afferrato delicatamente il mento e mi ha tirato giù.

Sapevo cosa aspettarmi prima di sentirlo premere la punta del suo cazzo contro le mie labbra.

Ho tirato fuori la lingua per assaggiarlo.

Gli aveva già succhiato il cazzo, ma questa volta era inginocchiata sul pavimento tra le sue gambe, le mani legate dietro la schiena.

Aveva avvolto la mia treccia intorno a una mano e mi aveva tenuto fermo mentre controllava velocità e profondità.

Mi ha lasciato le mani alla fine per farsi accarezzare da tutti con i miei seni.

Potrei passare tutto il giorno con il suo cazzo multi-materico tra le mani.

Ancora una volta, non poteva toccarlo se non con la bocca.

E aveva il vantaggio poiché era sopra di me.

Ho soffocato un paio di volte quando ha cercato di andare più a fondo, ma per il resto è iniziato come un leggero pompino.

Mi piaceva sentire la spessa rigidità del suo cazzo scivolare sulla mia lingua.

La punta che mi sfiora la parte posteriore della gola.

La pelle così morbida mentre la succhiava.

La sua durezza generale spinge tra le mie labbra, ricoperta dalla mia saliva e dalla sua precum.

Mi sono concentrato sulla respirazione attraverso il naso.

Vorrei poter vedere la sua espressione.

Sapevo come la sua fronte si aggrottasse nel mezzo mentre si concentrava sul ricevere piacere da lei e assicurarsi che fosse a suo agio con la mia.

Tuttavia, la benda ha limitato la mia vista in questo momento.

Così invece ho immaginato il suo viso, il suo corpo teso.

Mi mise entrambe le mani ai lati della testa e mi tenne ferma mentre pompava lentamente dentro e fuori dalla mia bocca.

"Gemiti per me cagna."

Ho obbedito, sapendo che amava le vibrazioni che il mio suono produceva sul suo cazzo.

E per tutto il tempo, i miei seni si sono mossi delicatamente quando mi ha cullato contro il lato del letto.

Almeno ho pensato che fosse in piedi accanto al letto.

Le sue cosce sode dovevano aver colpito il bordo del materasso a ogni spinta.

Altrimenti non c'era altra spiegazione logica per come avrei potuto ottenere l'angolo giusto per fissarlo.

Passarono alcuni minuti prima che si fermasse improvvisamente.

Sapeva cosa sarebbe successo dopo.

"Fai un bel respiro profondo bambino. Tutto per te."

Poi ha fatto scivolare dentro tutto il suo cazzo finché non ho seppellito il naso contro il suo gruppo di ricci spessi.

Le sue palle si sono annidate sotto il mio mento.

Sospirando, ho chiuso le labbra intorno al suo cazzo.

Tra l'odore del sudore e del sesso c'erano tracce di sandalo.

Ha sempre spruzzato un po 'della sua colonia intorno alla base del suo cazzo prima di fargli un pompino.

Abbiamo scoperto che ha reso l'atto più piacevole da parte mia.

Una bella distrazione quando si ficcò il naso nell'inguine per periodi piuttosto lunghi.

Dopo alcuni colpi, le sue mani si strinsero sulla mia testa e rimase immobile.

Il suo cazzo sussultò un attimo prima che il liquido caldo mi riempisse la bocca.

All'improvviso, le lacrime sono apparse ai bordi dei miei occhi e ho piagnucolato.

"Ingoialo piccola. Sei una brava ragazza."

Ben ha grugnito un paio di volte e ho cercato di non vomitare quando ha finito.

Ci fu un leggero suono "plopp" quando uscì dalla mia bocca.

Mi ha liberato la testa e ho sentito il calore della sua presenza scomparire.

Una mano tornò dietro la mia testa, sostenendola mentre la sollevavo.

"Aprilo."

Il sapore della soda era fresco e gradevole mentre me lo mettevo sulle labbra e lo lasciavo scivolare giù per la gola.

Non ero molto interessato a ingoiare lo sperma, ma lo stavo facendo per lui.

E poi mi premiava sempre con una soda.

L'ho amato per questo.

.

CAPITOLO V

Tenendo la testa indietro, mi accarezzò la guancia.

La sua mano ha trovato il mio petto e l'ha accarezzato

Un pollice che mi sfiora il capezzolo, facendomi gemere.

Poi si chinò e sfiorò le sue labbra contro le mie.

Il suo respiro era caldo quando parlava.

"Sei stata così brava oggi, Erika. Penso che ti meriti una piccola ricompensa. Ti piacerebbe?"

Ho lottato per deglutire mentre il mio battito cardiaco accelerava.

"Se amo."

"Molto bene."

Ha lasciato la benda ei miei polsi attaccati, ma non più a capo del letto.

Mi ha sbottonato le caviglie, massaggiandole mentre tolse le cinture.

Poi mi ha aiutato a mettermi a sedere e sdraiarmi sul letto in modo che mi riposassi su un cuscino e sulla testiera.

Era così bello essere toccato, per quanto breve.

Sarebbe stato ancora meglio se potesse stare in piedi.

La mia schiena diventava sempre un po 'rigida dopo essere rimasta nella stessa posizione per troppo tempo.

Ho sentito i passi di Ben mentre trascinava i piedi nudi sul tappeto.

La porta scricchiolò quando si aprì.

Il leggero clic quando si richiude.

Un tintinnio metallico come una cintura si slacciò.

Una cerniera lampo che si graffia mentre veniva abbassata.

Ho sentito qualcuno togliersi i vestiti.

Non sono state scambiate parole con me, ma non erano necessarie.

Ero un po 'contento.

Avevo paura che se uno di loro mi avesse parlato, avrei cambiato idea.

Mi concentrai di nuovo sul respiro.

Lentamente verso l'interno.

Lentamente fuori.

I miei polsi erano sulle ginocchia.

Ho allungato un dito e ho giocato con i capelli corti rimasti sulla mia figa.

Mi ha aiutato un po ', mi ha distratto e mi ha anche eccitato.

E avrei sicuramente avuto bisogno di quest'ultimo per quello che doveva accadere.

CAPITOLO VI

Quando una grossa mano mi prese il seno destro e lo accarezzò, rimasi senza fiato.

Il letto si è mosso quando qualcuno si è seduto alla mia sinistra.

Un'altra mano maschile mi prese a coppa il seno sinistro, questa volta stringendolo.

"Rilassati, Erika."

Il sussurro di Ben all'orecchio destro mi fece venire i brividi lungo la schiena.

Ho piegato la testa verso la sua voce e lui mi ha ricompensato spingendomi la lingua nella bocca mentre mi baciava.

La mia testa si spostò sulla sua quando se ne andò.

Gemetti.

Volevo molto di più.

"Metti indietro la testa piccola."

Ho obbedito.

Chiusi gli occhi, abbracciando pienamente le sensazioni che accendevano i miei nervi, allontanando le mie frustrazioni.

Una mano stava ancora accarezzando ciascuno dei miei seni, un pollice di tanto in tanto mi sfiorava il capezzolo.

Ora le dita stavano anche andando su e giù per il mio collo su entrambi i lati.

Un gemito sfuggì quando due paia di labbra premettero contro il mio mento.

Quando due lingue hanno sfiorato leggermente la mia pelle e sono scese lungo la mia mascella.

Quando il suo respiro come una brezza calda raggiunse le mie orecchie.

Il cuscino dietro di me sosteneva il mio collo mentre inclinavo ancora di più la testa all'indietro.

Stava diventando difficile rimanere passivi.

Di solito non combattevo Ben, a meno che, ovviamente, non mi dicesse che potevo rispondere.

Ma ora con due amanti?

Mi sono controllato molto, ma le mie dita si sono attorcigliate in grembo quando i miei capezzoli sono stati pizzicati improvvisamente.

Il mio corpo si inarcò quando le mie dita mi sfiorarono la figa e ricevetti uno schiaffo.

"Pazienza, puttana. Pazienza. Quelle dita immobili."

Mi leccai le labbra al suono deludente della voce di Ben.

Sapevo per esperienza che l'avrebbe migliorata un po ', tirando fuori a poco a poco il mio piacere.

Gli piaceva molto il gioco delle sensazioni e lo sapeva molto bene.

Era la mia punizione per la disobbedienza.

Nonostante la mia curiosità, abbiamo scoperto che non mi piaceva davvero sculacciare.

Ma trattenere la mia ansia di liberarmi ... e una sculacciata mi ha sempre ricordato di comportarmi bene.

Almeno fino alla prossima volta.

Qualcuno ha sollevato le mie mani ancora legate e me le ha messe dietro la testa.

Devo essere uno spettacolo per loro: nudo, bendato, le mani appoggiate dietro la testa con le braccia sporgenti come piccole ali.

La mia nuova posizione spingeva in avanti i miei seni, e io ansimavo mentre una bocca si agganciava a un capezzolo e lo succhiò prima che il proprietario alternativamente colpisse la sua lingua e mordicchiò con i denti.

Lo stesso processo è stato ripetuto nel mio seno destro.

Capivo che fosse Ben dal modo in cui era un po 'più duro con i denti.

Conosceva il mio limite tra piacere e dolore.

Facevo respiri superficiali ora mentre mi rosicchiavano i seni solo con la bocca.

Tuttavia, le sue azioni sui miei capezzoli hanno viaggiato in profondità e direttamente verso la mia figa riscaldandola.

Mi sono concentrato sui suoni del suo respiro pesante e del suo succhiare umido.

Ho afferrato la mia treccia con entrambe le mani, grato di poter tenere qualcosa.

"Adesso, Erika!"

Ho urlato quando entrambi mi hanno morso i capezzoli e un orgasmo mi ha lacerato.

L'unico pensiero nella mia testa era che stavo volando.

Ho lasciato la presa sui miei capelli, lasciando di nuovo la testa sulla spalla.

Ansimando, sentii i brividi placarsi lentamente.

Venti dita stavano ora scivolando lungo i miei fianchi e il mio stomaco, sfiorando di tanto in tanto il fondo del mio seno.

Era paradisiaco.

Il mio respiro si fermò quando le dita si spostarono più in basso sui miei fianchi e poi sulla parte superiore delle mie cosce.

Mi separarono delicatamente le gambe e si spostarono più a sud fino alle ginocchia, agli stinchi e ai piedi.

Sulla via del ritorno a nord, sono scivolati all'interno delle mie gambe.

Di nuovo in ginocchio, mi hanno sollevato le gambe in modo che i miei piedi fossero ben appoggiati sul letto, facendomi sentire nuda e vulnerabile.

Ben lo aveva fatto abbastanza spesso, di solito prima di cadere su di me per succhiarmi il clitoride e scoparmi con la sua lingua.

Ma non avevo idea di cosa aspettarmi adesso.

CAPITOLO VII

Per molto tempo non è successo niente.

Nessuno mi ha toccato.

Assolutamente.

Stavo iniziando a respirare di nuovo normalmente quando un dito mi ha sfiorato il clitoride.

Piagnucolò.

"Non muoverti, Erika."

La voce di Ben era bassa e seria.

Mi morsi il labbro inferiore, soffocando un gemito.

Volevo inarcare il mio corpo verso quel dito, sentire di nuovo quel tocco intimo.

Invece, ho premuto la mia testa contro il cuscino, i miei muscoli tesi per mantenere il mio corpo fermo.

Ma era impossibile non reagire quando un dito si immerse completamente tra le pieghe gonfie della mia figa.

E poi una mano era su ogni ginocchio, tenendo le mie gambe divaricate mentre altre dita mi esploravano.

Sfregamento.

Accarezzare.

Giocando.

Un forte gemito attraversò le mie labbra mentre un dito affondava dentro di me.

Poi un altro.

E un altro finché non c'erano almeno quattro dita dentro e fuori, aprendomi.

Ero molto sensibile dopo le ore precedenti in cui Ben e io avevamo suonato insieme.

Volevo pregarli di smetterla.

Ma questo significherebbe anche la fine della mia fantasia.

Non ero pronto a gettare la spugna su questo.

Non ancora.

Finora questo fine settimana avevamo fatto tutte le posizioni standard con le nostre curve contorte.

Chinandomi sul letto a pancia in giù con i piedi per terra, le mani legate dietro la schiena mentre Ben mi prendeva, tirandomi la treccia come un guinzaglio.

La missionaria con le ginocchia sollevate sopra la testa, il mio corpo piegato a metà in modo da poter vedere il suo grosso cazzo scivolare dentro e fuori da me ad ogni colpo.

Cavalcandomi tipo cowgirl, di nuovo con le mani dietro la schiena.

La cowgirl al contrario con il suo cazzo nel mio culo.

Sessantanove con me giù in modo che Ben potesse controllare la profondità del suo cazzo nella mia bocca, a volte così profondo che era soffocante.

Tra queste posizioni, quando non dormiva per la stanchezza, usava vibratori e dildo per mantenere l'orgasmo.

Non mi ha bendato sempre gli occhi, ma quando lo ha fatto, ha davvero aumentato l'eccitazione.

Ha portato via un altro livello di controllo e mi ha fatto fidare dei miei altri sensi.

Eppure, nonostante il disagio che avevo provato al risveglio dopo tutto quel sesso, ho anticipato la fine della mia fantasia.

Brividi improvvisi scossero il mio corpo mentre le continue carezze dei due uomini mi riportavano al limite.

Poi hanno tirato fuori le dita all'improvviso, lasciandomi vuoto.

La mia mente era un po 'distratta in quel momento.

Per un momento, ho pensato di essere su una barca che dondolava nell'oceano.

Poi ho capito che mi stavano muovendo, strisciando su per il letto.

Qualcuno ha premuto brevemente le labbra sulle mie, e ho sperato che fosse Ben.

Hanno abbassato le mie braccia e rimosso le mie restrizioni.

Entrambi gli uomini mi hanno massaggiato le braccia dalle dita alle spalle e di nuovo alla schiena.

"Mettiti in ginocchio e piegati in avanti."

Mentre obbedivo a Ben, l'ho sentito strisciare dietro di me e mettere le sue gambe su entrambi i lati delle mie.

Di fronte a me c'era un muro di muscoli duri.

Faceva caldo quando la mia guancia premette contro di lei e due mani forti mi afferrarono le spalle, tenendomi ferma.

Sotto di me, ho sentito la punta morbida di un cazzo duro pungermi il seno.

"Fai un respiro profondo, cagna. Questo è tutto."

Un gemito sfuggì quando sentii le dita di Ben accarezzarmi la figa da dietro.

Ne ha spinti almeno due dentro di me e li ha fatti roteare intorno alla zona del clitoride un paio di volte prima di tirarli fuori per strofinarmi i liquidi intorno al culo.

Piagnucolai di nuovo, mordendomi il labbro mentre premeva un dito dentro di me sulla seconda nocca.

Devo essermi irrigidito perché l'ho sentito sospirare.

La sua espirazione era abbastanza profonda da sfiorarmi la schiena, facendomi rabbrividire.

"Lo sto facendo per te, Erika. Sii una brava ragazza e collabora."

Ho rilasciato il mio respiro e ho cercato di fare quello che mi aveva chiesto.

Ero un gruppo nervoso che era impazzito e non sapevo più cosa fare.

Mi ha aiutato quando il nostro ospite mi ha accarezzato la schiena.

Le afferrai le cosce, ricordando che adesso potevo usare le mani.

"Apri la bocca, Erika."

Obbedendo, sentii quella morbida testa di cazzo spingere tra le mie labbra.

Non è andato fino in fondo, ma ha comunque colpito i tiri dalla distanza.

Era abbastanza per occupare i miei pensieri.

Almeno finché il dito di Ben non si è mosso più in profondità nel mio culo.

Ben ha continuato a premere delicatamente, di tanto in tanto tirandolo fuori e raccogliendo più liquidi e strofinando contro il mio clitoride.

Dopo aver fatto scivolare il dito nel mio ano completamente diverse volte, lo ritirò lentamente e aggiunse un secondo dito.

Strinsi gli occhi al punto che vidi piccole stelle danzanti.

Sembrava che ogni volta che facevamo sesso anale fosse come se non l'avessimo mai fatto prima.

Non avrebbe dovuto diventare più facile più lo facevi, come il sesso normale?

Quando le sue dita sono scomparse e si è allontanato da me, l'altro ha tirato fuori il suo cazzo dalla mia bocca.

Dopo di che, il nostro ospite me lo ha messo in mano e mi ha appoggiato la fronte sulla sua coscia.

Ho sentito il clic di un tappo di plastica, un altro clic e ancora un altro clic.

Poi una sostanza densa e fredda mi coprì il culo.

Ben lo stese prima di rimettere le sue dita dentro di me.

Qualche altro colpo e poi si ritirò di nuovo.

"Respiro profondo, cagna. Un altro. Brava cagna."

Il tappo di plastica si aprì di nuovo e ci furono altri rumori che scivolavano: il lubrificante dalla bottiglia e lui che gli ricopriva il cazzo con il lubrificante, molto probabilmente.

Ha premuto una mano contro la mia parte bassa della schiena, premendo.

Poi, lui ha detto:

"Stai fermo".

Riuscii ad allargare le ginocchia sotto di me, piegandomi un po 'di più.

Il nostro ospite ha fatto scivolare le mani sotto di me e mi ha accarezzato il seno.

Sono stato grato per la distrazione quando Ben ha scelto quel momento per premere la punta del suo cazzo nel mio culo.

CAPITOLO VIII

Ansimai, mi ricordai di respirare e allentai la presa del cazzo nella mia mano quando sentii il suo proprietario gemere.

Non ero sicuro di averlo ferito o se mi fossi eccitato mentre guardavo Ben penetrarmi nel culo.

Mi sono seduto leggermente quando Ben è scivolato sotto di me, premendo più forte contro il mio ingresso posteriore.

Emettemmo un sospiro collettivo mentre il mio sfintere si rilassava, permettendo alla punta di scivolare verso l'interno.

Nessuno di noi due si è mosso per un momento, eppure il nostro ospite mi teneva ancora il seno e Ben ora mi ha afferrato i fianchi.

"Posso procedere, Erika?"

Deglutii e feci uscire un respiro tremante.

"Sì maestro."

Per i due minuti successivi, scivolò più a fondo, uscendo un po 'tra ogni spinta.

Quando era seduto completamente dentro di me, le sue dita mi massaggiavano i fianchi.

Mi sono mosso contro di lui per un momento per abituarmi all'invasione.

"Hai un culo così bello, Erika. Dovresti vedere quanto è meraviglioso il mio pene seppellito in esso."

Il mio sussulto è stato interrotto quando la mia testa è stata spinta verso il basso sul cazzo dello sconosciuto.

Ben ha scelto quel momento per muoversi.

Poi ha spinto da dietro mentre succhiavo l'asta pulsante che veniva forzata nella mia bocca dal basso.

Non ho idea per quanto tempo Ben mi ha scopato nel culo e ho fatto un pompino al nostro ospite.

Penso che Ben sia stato quello che mi ha afferrato la treccia perché avevo la testa indietro.

Ma allo stesso tempo, il nostro ospite ha tenuto la mia testa ferma e mi ha messo il suo cazzo in bocca.

Sembrava un sanguinoso tiro alla fune, e io ero la corda che veniva spinta e tirata da una parte all'altra.

Ma mi sono divertito.

L'unica cosa che avrebbe reso tutto migliore è se Ben fosse stato nella mia figa.

Ma il sottomesso non può scegliere.

Ad un certo punto, mi sono reso conto che entrambi gli uomini erano rimasti immobili.

Mi hanno aiutato a mettermi in posizione eretta, spostandomi in modo che non fossi più inginocchiato ma seduto sulle ginocchia di Ben.

Era una sensazione molto strana, avere il suo cazzo ancora sepolto dentro di me quando si sdraiava, tirandomi con sé, quindi ero supino sulla pancia.

Era scomodo, ma il mio corpo desiderava qualcosa di più.

Le mani di Ben hanno sostituito quelle del nostro ospite sui miei seni.

Mi rilassai ancora di più quando il suo respiro mi scaldò il collo, mi calmò e le sue dita giocarono con i miei capezzoli.

"Erika, stai facendo un buon lavoro." Mi baciò sulla guancia. "Solo un altro po 'di stronza. Continua a respirare così, qualunque cosa accada. Andrew sarà gentile. Fidati di me."

Ah, quindi ora aveva un nome per l'ospite misterioso.

Ma poi le parole di Ben si ripetevano nella mia testa.

Che fiducia in cosa?

Cosa farebbe ...?

Oh!

CAPITOLO IX

Andrew ha scelto quel momento per strofinare il suo cazzo contro il mio clitoride.

Ho saltato e anche il cazzo nel mio culo ha saltato, il che mi ha fatto sussultare.

Andrew ha passato le sue dita sulle mie labbra, è entrato nella mia vagina e poi ha diffuso i miei liquidi.

A quel tempo avevo dei dubbi.

Che diavolo stava pensando?

Le fantasie hanno quel nome per un motivo.

Forse dovrei dire loro di smetterla.

Forse...

Dal momento che Andrew non poteva leggere la mia mente, ha proceduto con lo spettacolo e mi ha spinto dentro.

Sapevo come si sentiva Ben, per il breve tempo che gli ci volle per far scivolare dentro di me il suo grosso cazzo di sei pollici.

Piagnucolò.

Andrew ci metteva più tempo per entrare, nonostante fosse bagnata.

E sembrava più grande, allungandomi di più.

Per non parlare della pienezza che ho provato al mio stomaco per essere pieno in entrambi i buchi.

Una volta che me lo ha infilato nelle palle, Andrew si è fermato e ho sentito il calore del suo corpo fluttuare su di me, dentro di me.

Ancora una volta nessuno si è mosso, e piano piano mi sono abituato ad avere due cazzi dentro nonostante i miei dubbi.

Sicuramente, Ben non l'avrebbe accettato se fosse stato pericoloso o se non si fosse fidato di Andrew.

D'altra parte, essere riempiti con due cazzi e farsi scopare da loro erano due storie diverse.

Forse potrei mentire su questo.

Ma mi sentivo molto bene con le sensazioni che produceva in me.

"Se non ce la fai più, usa la parola sicura, cagna. Capito?"

Trattenni il respiro per un momento e poi annuii.

Ben mi ha pizzicato il capezzolo.

"Dillo."

Io urlo.

"Sì signore, ho capito."

"Brava puttana. Ora cerca di rilassarti e di sentirlo."

Detto questo, Ben mi lasciò il petto per afferrarmi il mento e allontanare il mio viso dal suo, tenendolo in posizione contro la sua spalla.

Mi mordicchiò il collo con le labbra, la lingua e i denti mentre l'altra mano mi avvolgeva intorno allo stomaco e mi attirava contro di lui.

E poi i suoi fianchi mi hanno spinto.

Allo stesso tempo, Andrew si è appoggiato allo schienale e ha iniziato a pompare la mia figa.

Ho urlato e ho afferrato le cosce di Ben da sotto di me.

"Dannazione, sei così pigro!"

Quelle erano le prime parole che avevo sentito dalla bocca di Andrew da quando era entrato nella stanza.

E si sono seppelliti direttamente nel mio cervello, come il suo cazzo nella mia figa, in modo che il mio corpo reagisse stringendosi intorno a lui.

Gemette in apprezzamento.

"Che brava puttana hai, Ben. Una puttana molto potente."

Dal suo accento e dal profondo baritono nella sua voce, potevo dire che era nero.

La mia figa si strinse di nuovo intorno a lui e gemetti.

Ben non solo aveva trovato un amico fidato per realizzare la mia fantasia di doppia penetrazione, ma aveva anche trovato un amico nero.

Due sogni diventano realtà allo stesso tempo.

Avevo sempre sentito dire che gli uomini di colore avevano cazzi più grandi.

Che erano grandi amanti.

Andrew stava solo dimostrando che le voci erano vere.

Dio, era così bello pompare dentro di me.

Ma non scambierei mai Ben come Maestro per nessun uomo.

Apparteneva a lui ed eravamo entrambi felici insieme.

È stato un processo lento e tortuoso per trovare un buon ritmo.

Non credo che il mio corpo sapesse cosa gli stava succedendo.

Ben aveva già usato plug anali e vibratori, ma avendo due veri cazzi che si muovevano dentro e fuori di me in un tempismo così intimo, non riuscivo a trovare le parole per descriverlo.

Quindi mi sono sentito, come Ben aveva comandato.

Ad un certo punto, mi sono reso conto che qualcuno stava di nuovo giocando con il mio seno.

Doveva essere Andrew perché adesso qualcun altro mi stava afferrando i fianchi, e probabilmente era Ben perché stava pompando più furiosamente sotto di me.

Poi mi hanno liberato il seno e improvvisamente le mie gambe si sono alzate in aria.

Andrew li teneva fermi con le mani sotto la parte posteriore delle cosce, appena sopra le ginocchia.

Ben ha preso il sopravvento e mi ha accarezzato i seni, stringendo e accarezzando come solo lui sapeva come.

Dentro di me l'avevo ridotta a una languida spinta, ma Andrew accelerò il passo.

In effetti, poteva sentire i loro cazzi sfiorarsi l'un l'altro attraverso la sottile membrana che separava le cavità che li coprivano.

"Ti piace questa Erika? È come ti aspettavi che fosse?"

"Oh si signore."

Adesso piangevo per il piacere che mi attraversava.

"Strofina il clitoride, piccola."

Ho singhiozzato non appena le mie dita hanno toccato la mia protuberanza ipersensibile.

Quando ho anche toccato il cazzo duro di Andrew, qualcosa ha innescato una marea di emozioni e sentimenti che sono iniziati in piccolo, ma mi sono esplosi dentro fino a quando non tremavo violentemente e urlavo parolacce.

Entrambi gli uomini vennero dentro di me mentre barcollavo dal precipizio del piacere e del dolore.

Mi voltai dopo che si erano staccati da me, avvolgendo le sue braccia intorno a me mentre mi rannicchiavo in una palla.

A volte lo facevo quando ero con Ben e ci eravamo avvicinati troppo al limite.

Ma Ben sapeva che non avrebbe dovuto lasciarmi in pace.

Adesso è quando ne avevo più bisogno.

Quando avevo bisogno del mio protettore.

Forti braccia si chiusero sotto e intorno a me, tirandomi in un dolce abbraccio.

Ho pianto mentre Ben mi cullava, le sue mani mi rilassavano la pelle e mi calmavano.

Il peso sul letto è cambiato.

Ho sentito a malapena i suoni di Andrew che si puliva nel bagno adiacente prima di vestirsi.

I sussurri di Ben invece mi riempirono la testa.

Poi, in lontananza, ho sentito la porta aprirsi e chiudersi.

Le ultime parole che ho sentito prima di addormentarmi sono state:

"Sono molto orgoglioso di te, Erika."

CAPITOLO X

Quando mi sono svegliato, la stanza era buia, la benda era sparita e il mio corpo sazio era molto dolorante.

Ben mi teneva ancora contro di lui come un cucchiaio.

Le sue braccia e una coperta mi avvolse mentre mi accarezzava delicatamente i capelli e me li allontanava dal viso.

"Bentornata piccola." Mi ha baciato la tempia. "È stato fantastico. Ti è piaciuto?"

Rabbrividii e sorrisi.

"Grazie signore. Mi sono davvero divertito."

"Ora dovrò iniziare a pianificare una delle mie fantasie dopo la tua."

"Sì, signore. Comunque sarà quello che vuoi."

Ben girò la mia testa verso la sua e mi baciò profondamente sulle labbra.

"Questa è la mia brava ragazza"

FINE

DESIDERIO SESSUALE

Amore mio, voglio che tu ti sieda davanti al tuo computer e mostri un'immagine, un pezzo visivo, come una figa.

Non il viso e il corpo, solo le ginocchia piegate e le gambe divaricate.

Con dita lunghe, belle ed eleganti che separano leggermente le labbra vaginali.

Immagina di entrare e sedermi a questa scrivania completamente vestito.

scarpe di pelle nera a punta e con tacco alto, fasciate alla caviglia, su entrambi i lati.

Tu ti appoggi allo schienale e sorridi e anch'io mi appoggio allo schienale sorridendo.

Alzo il mio vestito nero sottile e setoso e vedi che mancano le mie mutandine e lo splendore della mia umidità sulla fessura è già evidente.

Vedrai la punta di un corsetto nero a cui sono attaccate anche le calze.

Sollevo il vestito con entrambe le mani verso l'alto, me lo tiro sopra la testa e ti svelo il corsetto di pelle largo solo pochi centimetri.

I miei capezzoli sono eretti e alti mentre sporgono dalla parte superiore.

Ti appoggi, ma io sono qui per giocare con te e uso le mie scarpe a punta per tenerti dove sei.

Vedo un cazzo che cresce notevolmente e che ha bisogno di uscire dai pantaloni e ti chiedo di sbottonarli.

Faccio scorrere la lingua lungo le mie labbra per tutta la loro lunghezza, sorridendo, mentre ti infili i pantaloni.

La testa del tuo cazzo sporge dai boxer e anch'essa ha una lucentezza un po' impegnativa.

È così per una buona ragione.

Questa vista del tuo cazzo eretto mi eccita all'improvviso e ti chiedo di leccarmi.

Ti pieghi in avanti e lo fai, aprendo leggermente le mie labbra per trovare il mio clitoride.

Lo prendi in bocca, così sporge un po' di più.

Avevo solo bisogno di quel tocco della tua lingua per farmi andare avanti.

Mentre mi metto comodo, ti chiedo di prendere il tuo cazzo con l'altra mano e di accarezzarlo leggermente.

Fatelo, ma posso dirvi che serve di più, questo non basta.

Ti costringo a metterti in ginocchio per prenderti completamente nella mia bocca, alternando leccate dalla base all'alto, dall'alto verso il basso e di nuovo alle palle, leccando l'interno dove si trova l'inguine.

Ti piace quello che vedi quando sono in ginocchio, il mio culo è sottile appena qualche centimetro di larghezza e il mio ano è stretto e invitante.

Mi alzo di nuovo perché sono troppo vicino al climax.

Ti alzo in piedi e i tuoi pantaloni ti scendono oltre le ginocchia.

Hai ancora le scarpe, la cravatta ancora annodata ma la camicia sbottonata fino in fondo.

Adoro il bisogno di vedere quanta più pelle possibile.

Adesso che sei in piedi ti chiedo di voltarmi le spalle .

Possa tu aprire le gambe abbastanza da permettermi di inginocchiarmi dietro di te.

La mia lingua ti lecca le gambe, lecca le tue palle e perfino il tuo sedere, lecca e fa roteare la mia lingua attorno al tuo ano.

Tiro fuori dalla borsa un vibratore e ti chiedo se posso usarlo su di te, ma prima che tu risponda te lo metto sulla pelle.

Con la bocca ti lascio la saliva su tutto il culo affinché tutto sia lubrificato.

Lo metto a bassa velocità e lo faccio scorrere sulle tue palle e tra le tue palle e il tuo buco del culo.

L'altra mia mano va tra le tue gambe e afferra il tuo cazzo, accarezzandolo e facendolo sventolare.

Il vibratore ti fa sentire bene nel culo.

Lo metto vicino al tuo ano e faccio scorrere una delle due punte, quella sottile, che è anche la mia preferita.

Questo scivola dentro e metto l'altra punta più verso il centro, dietro le palle, di nuovo, osservando come la sensazione ti porta ad un altro livello.

Le tue mani stringono la scrivania e i tuoi occhi sono chiusi per cedere a qualunque cosa io voglia fare.

Ma rimango così, accarezzandomi un po' lasciando che il ronzio ti faccia chiedere cosa succederà dopo.

Mi fermo di colpo e ti dico di voltarti.

Lo fai e il tuo viso arrossisce.

Ti stavi davvero divertendo e ti stavi avvicinando allo stato che desideri.

Ma preferisco rallentare per riportarti alla mia bocca.

Ho un caldo da morire e sto perdendo un po' il controllo.

Allora ti faccio sedere di nuovo e mi inginocchio davanti a te e ti chiedo di accarezzarti, ma lentamente.

"Accarezzati amore mio."

Mentre mi inginocchio davanti a te e mi appoggio sui talloni.

Accendo il vibratore e lo strofino all'esterno della mia vagina, sopra il clitoride.

Mi ci vuole meno di un secondo per raggiungere l'orgasmo.

Ho le gambe e le ginocchia aperte e appoggio la testa all'indietro, allargando la figa con le mani per farti vedere i muscoli dell'orgasmo muoversi.

Tengo il vibratore finché non ho finito e i miei succhi fuoriescono.

Ti guardo e ti stai masturbando, aumentando il ritmo.

Il tuo ritmo è accelerato ed è così eccitante che sono in ginocchio, implorandoti di venirmi sul viso e sul petto.

E sì, certamente, è così che si fa.

Vedo come escono verso di me i getti del tuo latte.

Ma finisci per squirtare sullo schermo del computer e sulla tastiera .

Ci salutiamo fino ad un'altra volta e si spegne la webcam.

BENVENUTA UMIDITÀ

53

Glenn torna a casa dopo una dura giornata di lavoro e lascia la valigetta e il cappotto vicino alla porta.

Trova la casa insolitamente silenziosa ma non ci presta molta attenzione e si dirige in camera da letto.

Mentre sale le scale, sente il meraviglioso aroma del profumo della sua amata moglie Susan.

Quando raggiunge il pianerottolo, sente i deboli suoni della musica che fuoriescono debolmente attraverso la porta della sua stanza.

Facendo attenzione a non fare rumore, apre lentamente la porta.

"Susan?" Dice con una voce maschile piuttosto profonda.

Mentre la porta si apre sempre di più, la vista del suo corpo nudo disteso sul letto lo fa rabbrividire.

"Sì piccola." dice con voce sensuale.

Comincia a camminare verso il letto, ma lei gli dice di fermarsi.

Perplesso, fa come gli è stato detto, sapendo che lei ha qualcosa in mente.

Si alza dal letto.

Il suo corpo si muove con grande grazia.

Non può fare a meno di fissarsi sul suo delizioso seno che si muove leggermente mentre lei cammina verso di lui.

Sente il suo cazzo indurirsi mentre i suoi pensieri lo attraversano
"È così bella".

Allunga le mani e gli slaccia la cintura.

Anche i pantaloni, li sbottona e li abbassa.

Questo lo fa tremare dall'eccitazione.

Poiché lo vede così eccitato, sorride e gli abbassa i boxer con un bisogno affamato di succhiargli il membro duro.

Mette dolcemente le mani sul suo cazzo ormai eretto, accarezzandolo lentamente.

Quindi tira fuori la lingua e lecca la testa prima di metterla in bocca.

Lui geme mentre lei inizia a succhiargli il cazzo duro.

Muovendolo dentro e fuori dalla bocca sempre più velocemente.

Poi ritorna lentamente a un ritmo basso e fa roteare la lingua intorno alla testa mentre la accarezza con la mano.

Lui geme mentre la sua mano accarezza la punta rosa del suo cazzo.

Poi gli lecca le palle fino alla punta del cazzo.

Lo toglie dalla bocca e si alza per baciarlo appassionatamente mentre gli toglie la maglietta.

Lui la avvolge tra le sue braccia calde, avvicinandola a sé, sentendo il suo seno premuto contro il suo petto.

Mentre si baciano, le sue mani corrono lungo il suo corpo, sentendo la sua pelle morbida sotto la punta delle dita.

Le sue mani si muovono sul suo culo e lo stringe forte.

La solleva per il sedere avvolgendole le gambe attorno alla vita e si avvia verso il letto.

La fa sdraiare delicatamente e si mette sopra di lei.

La bacia profondamente scendendo fino al collo e al petto.

Le lecca lentamente il seno destro avvicinandosi al capezzolo ormai eretto.

Si mette il capezzolo in bocca e lo succhia, mordendolo delicatamente.

Passando all'altro seno, si abbassa e inizia a strofinarle il clitoride, facendole aumentare il respiro e iniziare a gemere leggermente.

Si strofina più velocemente mentre le bacia lo stomaco concentrandosi sull'ombelico.

Si sente bagnata e il suo respiro accelera.

Bacia il suo grazioso monticello e poi sostituisce le dita con la lingua.

Succhia e morde delicatamente il suo clitoride.

Questo la manda su un'ondata di piacere, gemendo.

Poi inserisce un dito che scorre oltre le labbra gonfie della sua figa e in quel punto segreto e scivoloso.

Lui fa scivolare il dito dentro e fuori lentamente e poi ne inserisce rapidamente un altro mentre lei geme.

Lui continua a concentrarsi nel succhiarle il clitoride mentre le sue dita colpiscono preziosamente quel posto speciale dentro di lei che sa la fa assolutamente impazzire.

Geme forte e avverte una sensazione di formicolio dalla gamba destra verso l'alto, attorno al corpo e verso la gamba sinistra.

"Oh tesoro!" geme: "È così bello!"

Glenn sa che se continua così, lei andrà sicuramente oltre il limite, quindi rallenta e la bacia fino a divorarle la bocca.

Condividono un bacio appassionato.

Le loro lingue danzano insieme.

Togliendo le dita dalla sua figa ormai bagnata, comincia a massaggiarle il seno destro.

I suoi gemiti soffocati dai baci.

Il bacio si interrompe e lei gli sussurra all'orecchio:

"Ho bisogno di te dentro di me, tesoro."

La menzione del suo cazzo duro che scivola nella figa bagnata della sua amante lo fa grugnire di lussuria e si muove sopra di lei.

Allargandole le gambe con i fianchi, si posiziona per penetrarla.

Giocando, inserisce solo la testa e poi la ritira lentamente.

"Per favore, dammi tutto." Lei lo supplica, ma lui prevale e tiene il passo del gioco, inserendo solo la punta e ritirandola quando lei inizia a gemere.

Alla fine, ad un punto inaspettato, spinge fino in fondo il suo membro duro per farla urlare.

Comincia a spingersi dentro e fuori da lei lentamente con colpi lunghi e duri.

Comincia ad accarezzarle più forte e più velocemente, tirandole il culo per una penetrazione più profonda.

"Oh Dio, ti senti così bene dentro di me. Ti amo così tanto quando mi scopi la figa."

A questo punto ringhia e si ritira all'improvviso.

Le fa cenno di girarsi e lei lo fa velocemente con un sussulto di eccitazione.

Sa che penetrarla da dietro è una delle sue posizioni preferite e anche lui adora darglielo in quel modo.

Lui inserisce il suo cazzo dentro di lei e inizia a spingerlo forte e veloce.

Lei geme forte, dicendogli più forte.

Adora scopare la sua adorabile moglie, quindi inizia a fare il duro con lei.

Il suo corpo e le sue palle schiaffeggiano il suo culo ormai rosso.

Lei inizia a respingere le sue spinte, facendo sì che il suo cazzo entri ancora più in profondità.

Entrambi gemono di piacere.

"Oh, sto per venire, tesoro. Sei pronta per la mia sborra?"

"Oh sì, tesoro, sto per venire anch'io."

Ancora qualche carezza e Susan urla di piacere e il suo corpo inizia a tremare mentre l'orgasmo la travolge.

Glenn sente le pareti della sua figa iniziare a mungere il suo cazzo e non ce la fa più.

Ringhiando il suo nome, lui spara il suo sperma caldo in profondità nella sua figa cremosa e bagnata.

Susan, esausta per l'esplosione, si appoggia sui gomiti mentre sente che lui le spara dentro qualche altro spruzzo di sperma.

Soddisfatto, e cercando di non caderle addosso, si ritira lentamente dalla sua figa e l'afferra per la vita, trascinandola con sé sul letto.

Si guardano negli occhi, entrambi offuscati dai potenti orgasmi che avevano appena attraversato i loro corpi pochi secondi prima .

Una soddisfazione di conoscenza reciproca aleggia nella stanza mentre i due si addormentano l'uno nelle braccia dell'altro.

VESTITA PER L'OCCASIONE

Il silenzio della notte la circondava, la opprimeva con la sua serenità, cercando di calmare la sua ansia.

Ciò però non riuscì a calmarla.

Sensazioni sfrenate a cui non era abituata e che non aveva mai provato prima , si riversarono nel suo corpo, rendendola nervosa.

I suoi tacchi ticchettavano dolcemente lungo il sentiero lastricato mentre alzava lo sguardo al cielo.

Perché ci vai stasera?

Perché si era vestita in quel modo?

Poteva sentire il potere che il suo sguardo aveva su di lei.

Sospirò e permise alla sua mente di smettere di pensare agli eventi che sarebbero potuti accadere stasera.

* * *

Sembrava che tutti gli occhi fossero puntati su di lei mentre entrava nei locali.

I suoi tacchi a spillo tintinnarono contro il pavimento di legno mentre attraversava la pista da ballo e si avvicinava al bar.

La gonna del suo vestito rosso e nero ondeggiava da un lato all'altro ad ogni passo, la striscia rossa scorreva contro il suo ginocchio mentre quella nera rimaneva qualche centimetro sopra di essa.

La camicetta le scendeva liberamente dalle spalle, lungo il seno, rimbalzando quel tanto che bastava per attirare l'attenzione ad ogni passo che faceva e mostrando una generosa quantità di pelle.

E senza reggiseno.

Sapeva come appariva con questo vestito.

Sembrava una troia.

Aveva completato il look con un girocollo di pizzo nero attorno al collo e solo un tocco di rossetto rosso.

Si sedette tra un uomo e una donna e sorrise al cameriere.

"Ciao Giacomo."

"Samy. È bello rivederti." Lasciò che i suoi occhi scivolassero lentamente sul suo viso e sul suo seno. "Molto bene, infatti. E per chi è l'occasione?"

Lei scosse la testa e sorrise, facendole cadere una ciocca di riccioli sull'orecchio.

"Non c'è alcuna occasione. Avevo semplicemente voglia di vestirmi così."

Allungò la mano oltre il bancone e le mise il ricciolo dietro l'orecchio.

Le sue dita le sfiorarono il lato della guancia e lei quasi dimenticò come respirare.

"Dovresti vestirti così più spesso."

"Forse lo farò."

"Stasera finirò dal lavoro verso le undici. Ti piacerebbe ballare dopo?"

Lei annuì lentamente, incapace di distogliere lo sguardo dal suo.

Con molta lenta precisione, si sporse oltre il bancone e avvicinò le labbra alle sue, approfondendo il bacio quanto bastava per farle desiderare di più prima di allontanarsi.

"Circa venti minuti."

* * *

Quei venti minuti non erano mai sembrati più lunghi nella vita di Samy.

Osservava continuamente tutto ciò che la circondava, consapevole di ogni movimento che lui faceva senza nemmeno guardarlo.

Era come se i suoi sensi fossero in sintonia con il suo corpo, ma sussultò comunque quando lui la toccò sulla spalla.

Aveva sbottonato il colletto della camicia nera e le sorrideva tendendole la mano.

"Penso che mi devi un ballo."

Quando mise la mano nella sua, fu come se una piccola scossa elettrica le attraversasse il corpo.

Lui sorrise mentre la conduceva in un angolo della pista da ballo e poi la avvicinava a sé mentre la canzone cambiava.

Era lento e seducente, e il suo battito sembrava corrispondere al cuore di lei mentre si premeva contro di lui.

E proprio in quel momento era profondamente consapevole dei contorni duri che ondeggiavano contro il suo corpo morbido.

Lei fece scivolare le braccia attorno a lui, premendo le mani sulle sue morbide curve posteriori mentre ondeggiavano avanti e indietro.

Si chinò e premette le labbra contro le sue, aprendole delicatamente e seducendola con la lingua.

La sua mano scivolò più in basso sulla sua schiena, appoggiandosi sul suo fianco, scivolando abbastanza in basso da accarezzarle una guancia del sedere mentre tirava la parte inferiore del suo corpo contro il suo.

Lei sussultò quando sentì con quanta forza lui premeva contro di lei e avrebbe potuto giurare di averlo sentito gemere.

Ma proprio mentre lo faceva, l'altro cameriere lo chiamò e lui sospirò, chinando la testa all'indietro.

"Samy... torno subito. Lo giuro. Non andare da nessuna parte."

Lei annuì in modo un po' stupido mentre si allontanava dalla pista da ballo ed entrava in un separé appartato.

Osservò James tornare nel bar e chinarsi di nuovo su di lui, parlando con Joseph.

Joseph era il barista sostituto per la notte.

È sempre subentrato quando James è andato in pensione.

Quando vide una bionda alta e con le gambe lunghe unirsi a loro, capì una cosa.

Non era quel tipo di ragazza.

Non avevo idea di cosa stavo facendo.

James era il tipo di uomo che aveva sempre una ragazza a disposizione, qualsiasi ragazza alta, bionda e super sexy.

Ed era bassa, bruna e latina.

Se n'è andata correndo.

Il più velocemente e silenziosamente possibile.

Si diresse verso la porta e quando si guardò alle spalle vide la bionda avvicinarsi a James e far scorrere le dita lungo il suo braccio.

Sospirò e scosse la testa mentre proseguiva per la sua strada.

Non sarebbe bello fermarsi a pensarci.

I piedi cominciavano a farle male a causa dei talloni, così se li tolse e si allontanò dal sentiero di ciottoli, lasciando che i suoi piedi la guidassero fino al bordo del fiume che conosceva così bene.

Mise i piedi sulla riva del fiume e guardò a lungo l'acqua.

"Cosa stavo pensando?" Alla fine mormorò.

"Questo è quello che mi piacerebbe sapere."

Quasi urlò quando si voltò.

James era in piedi dietro di lei, con le braccia incrociate rabbiosamente e accigliato.

Ma il cipiglio venne lentamente sostituito da uno sguardo di confusione e preoccupazione.

"Samy, stai piangendo. Cosa c'è che non va?"

Distolse lo sguardo da lui e attraversò il fiume fino all'altra sponda erbosa.

"Non avrei dovuto farlo. Non sarei dovuto venire al bar stasera vestito così. Non avrei dovuto pensare di avere una possibilità."

"Samy, di che diavolo stai parlando?"

Lui si avvicinò e le posò la mano sulla spalla.

Tremava, aveva freddo.

Si tolse in fretta il cappotto e glielo mise sulle spalle, spostandosi dietro di lei per accarezzarle le braccia.

"Eri bellissima lì dentro. Credo di aver dimenticato come dovevo respirare quando sei entrata."

"Ho visto le donne con cui sei abituato. Non sono come loro, James. Non sono elegante o super sexy. Non sono bionda, né alta, né con le gambe lunghe, né ho un corpo perfetto come loro. Non ho soluzione . " Contro questo. Non sapevo nemmeno cosa stavo facendo." Concluse in un sussurro.

"Davvero? Avresti potuto ingannarmi lì dentro."

La voltò verso di sé e si sporse in avanti, premendole le labbra sul collo.

Lei rabbrividì.

"Il tuo corpo sembrava perfetto quando mi hai premuto contro di te su quella pista da ballo."

Lui allungò una mano e le afferrò il seno, tracciando il contorno del capezzolo attraverso la camicetta.

La fece rabbrividire un po'.

"Sembravano sicuramente sapere cosa volevano fare quando ci baciavamo e ci stringevamo insieme."

Si chinò su di lei e la costrinse ad abbassarsi finché non si trovò distesa sul pavimento.

"Lascia che te lo mostri, Samy. Lascia che ti mostri che sei più di quanto pensi."

Le sue labbra scivolarono contro le sue prima di scivolare lungo il collo e sopra la camicetta sottile che le copriva il seno.

Il respiro le si fermò in gola quando le sue labbra trovarono prima un capezzolo e poi l'altro, succhiandoli lentamente mentre lei si inarcava al suo tocco.

Le sue dita trovarono abilmente l'orlo della sua maglietta e iniziarono lentamente a tirarla su, stuzzicandole la pelle non appena si rivelò.

Glielo sollevò oltre i seni e lo tenne appena sopra mentre le baciava il seno destro, assaporando la sua pelle.

Gemette quando James finalmente portò le labbra sulla cresta del suo seno, prendendo il capezzolo tra i denti e tirandolo delicatamente prima di succhiarlo.

Lei gemette ancora più forte quando la mano di lui cominciò a massaggiarle l'altro seno, facendo scorrere ripetutamente il palmo sul capezzolo.

"Vedi?" Respirò contro la sua pelle. "Sei la donna perfetta".

Cominciò a baciarla mentre scendeva, tracciandole dei cerchi attorno all'ombelico con la lingua.

James le sorrise mentre prendeva la sua gonna e invece di abbassarla, la tirò su.

Il davanti si piegò all'indietro e un attimo dopo lui stava posando baci morbidi e giocosi lungo il suo monticello caldo sopra le mutandine.

Era già bagnata.

Poteva sentirlo attraverso le mutandine mentre le strofinava il naso contro.

Lei tremò sotto di lui e lui le accarezzò dolcemente le dita su e giù mentre usava i denti per farle scivolare giù le mutandine.

La baciò di nuovo, senza alcuna barriera tra le sue labbra e la sua figa.

Iniziò a far scorrere la lingua lungo la sua fessura e lei gemette, i fianchi inarcandosi selvaggiamente così che lui premette la lingua in profondità dentro di lei, tracciandola sul suo clitoride.

Samy gemette e si inarcò contro la lingua, il piacere la percorse mentre le sfiorava il clitoride con i denti e le faceva scivolare un dito dentro.

"Ho mentito," sussurrò contro il suo clitoride. "Non ho semplicemente dimenticato come respirare."

James le succhiò delicatamente il clitoride, spingendo il dito dentro e fuori dalla sua tensione.

"Mi sono quasi venuto nei pantaloni solo guardandoti prima."

Le sue dita gli afferrarono i capelli, e lui sorrise contro la sua figa mentre faceva scivolare un secondo dito dentro di lei, facendo scorrere ripetutamente la lingua sul suo clitoride finché il suo corpo tremò sotto la sua bocca.

Le sue dita la accarezzarono, dentro e fuori, eccitandola, costringendo il suo corpo a rispondere finché non si dondolò contro la sua mano e la sua lingua.

"James," la sua voce quasi vacillò mentre si dimenava nella sua mano. "Per favore, non fermarti adesso!"

Le sue parole uscirono con un tono dolce e consapevole, ma aumentarono rapidamente di volume mentre lei urlava di piacere.

Lui le stava mordendo dolcemente il clitoride e ora lo stava succhiando forte, le sue dita spingevano forte dentro di lei raggiungendo l'orgasmo.

Lui leccò avidamente i suoi succhi e quando il tremore del suo corpo rallentò,

Quando ebbe finito, si spostò sopra di lei.

Lui sorrise e appoggiò la fronte contro quella di lei, lasciando che il suo corpo sfiorasse il suo mentre la guardava negli occhi.

"Te l'ho detto, sei una donna tanto quanto loro, se non di più."

I suoi occhi lampeggiarono con qualcosa che avrebbe potuto essere un dubbio mentre guardava negli occhi di James, ma poi lasciò che le sue dita scorressero sul suo petto e giù fino al duro rigonfiamento nei suoi pantaloni.

"È per questo che hai così difficoltà?

Perché sono una donna come loro?"

Le sue dita sfiorarono su e giù il suo cazzo, e lui non poté trattenere il gemito che gli sfuggì dalle labbra.

Tuttavia, non ebbe alcuna possibilità di rispondere poiché le sue labbra trovarono le sue e ogni pensiero fu cancellato dalla sua mente.

Le sue dita scivolarono sul suo petto e cominciò abilmente a sbottonargli la camicia.

Glielo tirò fuori velocemente dai pantaloni e lo spinse di lato mentre gli toglieva completamente la maglietta.

Il bottone dei pantaloni si aprì e la cerniera scivolò quasi da sola.

Lei gli abbassò i pantaloni e i boxer quanto bastava per liberargli il cazzo e gli avvolse la piccola mano attorno, accarezzandolo lentamente così che lui gemette e si premette avidamente contro la sua mano.

Lui gemette irritato e si alzò, togliendosi i pantaloni e i boxer con un solo movimento e voltandosi verso di lei.

Adesso era in ginocchio e gli sorrise mentre gli avvolgeva ancora una volta la mano.

Si chinò su di lei, dandole lente carezze, chiudendo gli occhi.

Il momento successivo, tuttavia, lui le allargò mentre le labbra di lei si avvolgevano intorno al suo cazzo, muovendole lentamente su e giù per il suo membro duro.

Adesso le mise le mani dietro la testa e cominciò lentamente a spingerla dentro e fuori dalla bocca, gemendo mentre lei lo succhiava ad ogni movimento.

Non ci volle molto perché i colpi delicati diventassero rapidi e brevi, Samy lo succhiava più forte quanto più velocemente muoveva la testa.

La sua mano gli accarezzava le palle, facendole rotolare avanti e indietro mentre la sua bocca si stringeva intorno a lui.

Mentre giocava con la lingua sulla punta del suo cazzo, lui le è esploso in bocca.

Lei deglutì velocemente mentre lui le mandava il suo sperma dentro, premendo la bocca e la gola contro il suo cazzo facendolo venire ancora più forte e con più schizzi, finché finalmente si esaurì.

Fece scivolare lentamente il cazzo fuori dalla bocca e lasciò cadere lo sguardo sul pavimento.

Lui cadde in ginocchio davanti a lei, posandole una mano sulla guancia.

Erano solo a un passo di distanza quando il dito di James tracciò il lato del suo viso, immergendo il dito sotto il suo mento e sollevando gli occhi di lei verso i suoi.

"Non abbiamo ancora finito."

La sua voce era così bassa che le fece venire i brividi lungo la schiena mentre lo fissava meravigliata.

Lui si avvicinò e premette le labbra contro di lei, approfondendo rapidamente il bacio.

Mentre la sua lingua scivolava oltre le sue labbra, una mano scivolò dietro di lei, attirandola contro di sé così che fossero carne a carne.

I suoi capezzoli premevano beatamente contro il suo petto, e la sua nuova erezione premeva forte contro i suoi addominali inferiori.

Lei si mosse e strofinò lentamente il suo corpo lungo quello di lui, facendolo gemere mentre il loro bacio diventava febbrile.

La fece sdraiare e le fece scivolare la gonna sulle gambe.

La guardò a lungo prima di muoversi.

Si chinò di nuovo su di lei e le posò un leggero bacio sulla pancia, appena sopra l'ombelico.

Lui sorrise contro la sua pelle calda e cominciò a baciarla verso l'alto, invertendo le sue azioni precedenti.

Le sue labbra sfiorarono appena il suo seno prima di posarsi sul suo collo e accarezzarle il battito del cuore.

Lui pulsava tra le sue gambe, il suo membro premeva contro la sua fessura bagnata mentre lei gli avvolgeva le gambe intorno alla vita e lui faceva scivolare le braccia attorno a lei.

Con un movimento rapido, James si sedette con lei in grembo e, se ciò fosse possibile, premette il suo cazzo ancora di più dentro di lei.

Lei si dimenò un po' e lui gemette.

La baciò finché non arrivò appena sotto l'orecchio e le tirò delicatamente il lobo.

"Dimmi, Samy, lo vuoi?"

Il suo respiro era caldo contro la sua pelle e lei rabbrividì.

"Vuoi che il mio grosso cazzo duro sia sepolto dentro di te?"

La risposta di Samy suonò quasi come un gemito mentre si strofinava contro di lui.

"Sì. Per favore, James, lo desidero da quando..." ma si fermò subito, con il rossore ancora sulle guance, e distolse lo sguardo.

James non ne aveva idea.

Lui costrinse il suo sguardo a tornare su di lei e appoggiò la sua erezione contro di lei.

"Finisci quello che stavi dicendo."

Lei gemette e le sue unghie affondarono leggermente nella sua pelle.

"Lo desidero da quando ti ho incontrato."

"Allora dimmi quanto lo desideri."

Non era una richiesta, più una richiesta mentre lui faceva scivolare le dita sul suo seno, massaggiando lentamente la sua carne.

Poteva sentire il suo calore irradiarsi contro il suo cazzo, e stava facendo tutto il possibile per buttarlo fuori e prenderlo.

La sua risposta lo sorprese e mandò in frantumi tutto l'autocontrollo che aveva usato.

"Non lo voglio. Ne ho bisogno, James."

I suoi occhi erano fissi nei suoi adesso, e lui gemette dolcemente contro la sua pelle mentre lei si stringeva più forte.

"Ne ho così tanto bisogno, lo sogno da così tanto tempo. Per favore. Ho bisogno che tu mi scopi."

Non potevo più negarglielo.

Dopo di ciò non poté più trattenersi.

La sollevò finché la punta del suo cazzo non fu premuta contro la sua apertura e poi velocemente la lasciò cadere su di lei.

Entrambi gemettero.

La sua figa era così stretta attorno al suo cazzo che quando cominciò a muoverla su e giù sul suo membro, la sua lunghezza dura sembrò ancora più grande racchiusa dentro di lei.

Lei gemette e usando le gambe come leva cominciò a rimbalzare sul suo cazzo.

I suoi seni rimbalzavano liberamente contro di lui e i suoi capezzoli lo chiamavano mentre lui si chinava in avanti e cominciava a succhiare.

Lei gemette e cominciò a rimbalzare più velocemente sul suo cazzo, spingendosi ancora e ancora.

Le sue labbra le stuzzicavano i capezzoli, attirandoli e succhiandoli, poi facendo scorrere la lingua su di essi e mordicchiandoli mentre lei dondolava con i suoi rimbalzi, gemendo contro la sua pelle, inviando vibrazioni attraverso i suoi morsi.

La sua figa era così bagnata che l'umidità gli scorreva lungo il cazzo, e lui gemette quando lei strinse intenzionalmente la fessura attorno a lui, facendogli resistere di più.

Li inclinò entrambi in modo che lei fosse di nuovo supina sull'erba e cominciò a martellare forte il suo cazzo dentro e fuori di lei.

Samy gemette ancora più forte, le sue unghie la graffiarono sulla schiena mentre un'altra forte spinta la riportò al suo climax.

Lo spasmo stretto attorno al suo cazzo fece rapidamente venire anche James e lui la sbatté dentro ancora più velocemente, grugnendo mentre il suo sperma caldo la riempiva fino a riversarsi lungo le sue cosce.

Cadde di lato, ansimando.

Poi la attirò a sé, posandole teneri baci su un lato del viso.

"Ora, passeranno altri cinque anni prima che tu abbia il coraggio di farlo di nuovo?"

Lui sorrise e le baciò l'angolo delle labbra.

"Non mai, James."

Samy sorrise e sfiorò le labbra con le sue.

"Bene, perché non credo di riuscire a tenerti le mani lontano per più di un giorno o due."

La risata di Samy echeggiò attraverso il lago, e James sorrise mentre si sedeva e la baciava profondamente.

Questo potrebbe sicuramente essere l'inizio di qualcosa di molto interessante.